U0082534

自 序

1 介紹最新韓語發音與獨門發音技巧，讓您自修也OK。

2 書中收錄習字帖，介紹韓文拼音規則，讓您清楚地認識韓語字型。

3 韓國人每天都要說的百句句型，讓您一書抵三書用，開口說韓語。

4 特聘韓籍教師首爾音道地錄音，共計105分鐘，讓您邊聽邊學。

5 雲嘉南地區各大學語言中心，新銳韓國語老師陳慶德（國立首爾大學），上課講義全收錄。

目 錄

推薦序

◎韓國語文的重要性◎

　　韓國在2000年開始，逐漸獲得全球世人的重視，這是由於亞洲金融風暴之後，韓國人卻能上下一心致力於文化科技產業發展，進而帶動「韓流」與「韓國風」之盛行，同時大大的提高韓國的國家形象，並逐漸獲得全球世人的注目，讓韓國語文的學習成為全球的熱潮，也躍升為第二外語之列，成為熱門的外語之一。於是在國際間的大學、高中、補習界等都紛紛開設韓語課程或韓國課程，習韓人口突如其來地大增。據此現象，韓國政府便特別規劃並推行了韓國語檢定的考試制度，使得世界各國的習韓者有證書制度可循。21世紀的現今，世界走向全球化，成為地球村，韓國不論在文化或是科技、經濟等方面的發展都是突飛猛進，因此，為了與韓國接軌，向韓國學習，韓國語文的學習確實日益重要。

　　由於慶德學弟在推廣韓語教育的理念、志趣與服務熱忱，與吾相同。同時曾經前往吾之母校韓國高麗大學韓國文學部擔任交換學生，以及秉持志向，繼續前往韓國深造，攻讀最高名門學府國立首爾大學博士課程。在未來，將投入韓語學術教育，為國內韓語教育與韓語教材出版傾注心力，這種認真的態度著實令人欽佩。前些時日，有幸拜讀慶德學弟已出版的第一大作並深獲熱烈迴響的《簡單快樂韓國語》的確提供了有效學習韓語的方法。同時拜讀了這本第二大作，深感欣喜，因為其內容活潑生動且實用，條理分明，除了適合因應韓國語檢定考試之外，也適用於日常的韓國語會話與韓國文化的理解，相信必定能讓讀者們受益良多。

　　在慶德學弟的盛情邀約下，十分榮幸地能為其這本第二大作來撰寫此序。在此，衷心期勉慶德學弟日後能多多地撰寫韓語教材，以嘉惠習韓學子。再者，中南部地區，一向亟需韓語師資，慶德學弟能不計一切，為鄉親服務，於嘉義救國團、嘉義社區大學等處任教，這份用心更屬難得。

　　總之，慶德學弟對於韓國語言與文化的推動能夠不遺餘力地付出心血，造福習韓學子，其精神可嘉，確實值得推薦。

韓國高麗大學 文學博士　　　王 永 一 教授 撰于

國立嘉義大學 通識教育中心　韓國語、韓國社會與文化課程

前言 再版序

2009年初，應臺灣專業語言出版社——統一出版社，出版敝人韓語講義《簡單快樂韓國語1》。書中詳盡文法解釋、學習技巧，與有趣的文化觀察等內容，受到各方讀者的廣大迴響與指教。今日應陳編輯宏彰大哥邀稿，特別針對初學韓語者，寫作《韓語40音輕鬆學》一書。

臺灣坊間已經出版了很多「良莠不齊」的基礎韓語發音書，我們為何又要出版此類型書籍？或讀者更為好奇的是，相較其他發音書，此書又有何特色與差別呢？

敝人教導學生韓國語時，特別要求學員開口說韓語、練習發音，至於寫作或文法，則是後來之事。但有些學員反應，他們希望有一本專業介紹發音書外，也可結合習字來認識韓文。因此，讓我興起寫作這本小書念頭。

這本書與其他市面上的書有何不同呢？筆者往往認為寫作是一個良心事業，尤其是專業語言書，絕非是順手找來幾百個單字拼湊。一方面，這樣的書只會讓讀者多花冤枉錢，且學習起來，更覺無趣與辛苦。這也就是，為何筆者寫作語言書籍時，盡可能使用大量文字說明，因為唯有此，才有可能讓人學習到活生生的韓語。

再者，最近市面上流行「學習聯想法」來學習韓語，看似「捷徑」，但筆者認為，若用「中華」來發「전화」（電話）的音，是錯誤的。因為，「中」（jong）跟「전」（jyeong），的母音仍有所差別外，且這樣的發音也不利韓國人聽懂，形成一種「中式韓語」。故，為了讓學習者學到道地韓語發音，我們也特地請來首爾音韓籍老師，來錄製書內mp3發音。

此外，為了讓學習者體會到韓語跟中文差別，書內解說文字與文法，則是由母語中文寫作者來寫作，利於讀者學到語言的「美角」。

繼之，此書的結構，我們都會詳細介紹韓國語基本子音（자음）、母音（모음）、送氣音、硬音(경음)，跟收尾音(받침)等發音技巧、習字與練習。且在每個單元內，同時也設計出精美表格，讓讀者聽著mp3學習時，還可邊習字，藉此熟悉字型。

筆者挑選的韓語單字，乃韓國境內常用的單字，與韓國語能力檢定考（TOPIK）常考單字為準，絕不會讓讀者學到「死字」。

學習完發音後，我們也有一個小小練習區，讓學員自我評量。

最後，書後方收錄，敝人在雲嘉南地區各大學所教授的「旅行韓國語」，即外人來到韓國常用到的句型（比如殺價、問候，與日常生活語等），與韓國人常用的百句句型，讓學員體會初級韓語「連音化」現象，與韓語魅力。

書付梓之刻，特別感謝錄音的韓籍老師，讓學員們聽到一口流利的首爾音發音外；也感謝嘉義大學王教授永一跟鄒老師美蘭，他們十分大方地提攜後輩，足以為師表率。最後，還有我那一群可愛的課堂學生們，有他們對於我的指教與叮嚀，才有這本書的產生。當然也得感謝購買此書讀者們，正因為有您們實質購買，對筆者與出版社，都是一大鼓勵，我也希望您們能藉由此書，有趟愉快的學習。謝謝。

筆者 慶德謹致 2018.11 戊戌年冬

韓國語字母表-1

單母音

	字首音	收尾音	ㅏ a ㄚ	ㅑ ya 一ㄚ	ㅓ eo ㄛ	ㅕ yeo 一ㄛ
ㄱ	g 《	k ㄎ	가 ga 《ㄚ	갸 gya 《一ㄚ	거 geo 《ㄛ	겨 gyeo 《一ㄛ
ㄴ	n ㄋ		나 na ㄋㄚ	냐 nya ㄋ一ㄚ	너 neo ㄋㄛ	녀 nyeo ㄋ一ㄛ
ㄷ	d ㄉ	t ㄊ	다 da ㄉㄚ	댜 dya ㄉ一ㄚ	더 deo ㄉㄛ	뎌 dyeo ㄉ一ㄛ
ㄹ	r ㄌ	l ㄌ	라 ra ㄌㄚ	랴 rya ㄌ一ㄚ	러 reo ㄌㄛ	려 ryeo ㄌ一ㄛ
ㅁ	m ㄇ		마 ma ㄇㄚ	먀 mya ㄇ一ㄚ	머 meo ㄇㄛ	며 myeo ㄇ一ㄛ
ㅂ	b ㄅ	p ㄆ	바 ba ㄅㄚ	뱌 bya ㄅ一ㄚ	버 beo ㄅㄛ	벼 byeo ㄅ一ㄛ
ㅅ	s ㄙ	t ㄊ	사 sa ㄙㄚ	샤 sya ㄙ一ㄚ	서 seo ㄙㄛ	셔 syeo ㄙ一ㄛ
ㅇ	無聲 無聲	ng ㄥ	아 a ㄚ	야 ya 一ㄚ	어 eo ㄛ	여 yeo 一ㄛ
ㅈ	j ㄗ	t ㄊ	자 ja ㄗㄚ	쟈 jya ㄗ一ㄚ	저 jeo ㄗㄛ	져 jyeo ㄗ一ㄛ
ㅊ	ch ㄘ	t ㄊ	차 cha ㄘㄚ	챠 chya ㄘ一ㄚ	처 cheo ㄘㄛ	쳐 chyeo ㄘ一ㄛ
ㅋ		k ㄎ	카 ka ㄎㄚ	캬 kya ㄎ一ㄚ	커 keo ㄎㄛ	켜 kyeo ㄎ一ㄛ
ㅌ		t ㄊ	타 ta ㄊㄚ	탸 tya ㄊ一ㄚ	터 teo ㄊㄛ	텨 tyeo ㄊ一ㄛ
ㅍ		p ㄆ	파 pa ㄆㄚ	퍄 pya ㄆ一ㄚ	퍼 peo ㄆㄛ	펴 pyeo ㄆ一ㄛ
ㅎ	h ㄏ	t ㄊ	하 ha ㄏㄚ	햐 hya ㄏ一ㄚ	허 heo ㄏㄛ	혀 hyeo ㄏ一ㄛ

單子音

單母音

ㅗ		ㅛ		ㅜ		ㅠ		ㅡ		ㅣ	
o ㄡ		yo ㄧㄡ		u ㄨ		yu ㄧㄨ		eu ㄜ		i ㄧ	
고	go 《ㄡ	교	gyo 《ㄧㄡ	구	gu 《ㄨ	규	gyu 《ㄧㄨ	그	geu 《ㄜ	기	gi 《ㄧ
노	no ㄋㄡ	뇨	nyo ㄋㄧㄡ	누	nu ㄋㄨ	뉴	nyu ㄋㄧㄨ	느	neu ㄋㄜ	니	ni ㄋㄧ
도	do ㄉㄡ	됴	dyo ㄉㄧㄡ	두	du ㄉㄨ	듀	dyu ㄉㄧㄨ	드	deu ㄉㄜ	디	di ㄉㄧ
로	ro ㄌㄡ	료	ryo ㄌㄧㄡ	루	ru ㄌㄨ	류	ryu ㄌㄧㄨ	르	reu ㄌㄜ	리	ri ㄌㄧ
모	mo ㄇㄡ	묘	myo ㄇㄧㄡ	무	mu ㄇㄨ	뮤	myu ㄇㄧㄨ	므	meu ㄇㄜ	미	mi ㄇㄧ
보	bo ㄅㄡ	뵤	byo ㄅㄧㄡ	부	bu ㄅㄨ	뷰	byu ㄅㄧㄨ	브	beu ㄅㄜ	비	bi ㄅㄧ
소	so ㄙㄡ	쇼	syo ㄙㄧㄡ	수	su ㄙㄨ	슈	syu ㄙㄧㄨ	스	seu ㄙㄜ	시	si ㄙㄧ
오	o ㄡ	요	yo ㄧㄡ	우	u ㄨ	유	yu ㄧㄨ	으	eu ㄜ	이	i ㄧ
조	jo ㄗㄡ	죠	jyo ㄗㄧㄡ	주	ju ㄗㄨ	쥬	jyu ㄗㄧㄨ	즈	jeu ㄗㄜ	지	ji ㄗㄧ
초	cho ㄘㄡ	쵸	chyo ㄘㄧㄡ	추	chu ㄘㄨ	츄	chyu ㄘㄧㄨ	츠	cheu ㄘㄜ	치	chi ㄘㄧ
코	ko ㄎㄡ	쿄	kyo ㄎㄧㄡ	쿠	ku ㄎㄨ	큐	kyu ㄎㄧㄨ	크	keu ㄎㄜ	키	ki ㄎㄧ
토	to ㄊㄡ	툐	tyo ㄊㄧㄡ	투	tu ㄊㄨ	튜	tyu ㄊㄧㄨ	트	teu ㄊㄜ	티	ti ㄊㄧ
포	po ㄆㄡ	표	pyo ㄆㄧㄡ	푸	pu ㄆㄨ	퓨	pyu ㄆㄧㄨ	프	peu ㄆㄜ	피	pi ㄆㄧ
호	ho ㄏㄡ	효	hyo ㄏㄧㄡ	후	hu ㄏㄨ	휴	hyu ㄏㄧㄨ	흐	heu ㄏㄜ	히	hi ㄏㄧ

單母音

			ㅏ		ㅑ		ㅓ		ㅕ	
			a ㄚ		ya ㄧㄚ		eo ㄛ		yeo ㄧㄛ	
硬音	ㄲ	kk ㄍ	까	kka ㄍㄚ	꺄	kkya ㄍㄧㄚ	꺼	kkeo ㄍㄛ	껴	kkyeo ㄍㄧㄛ
	ㄸ	tt ㄉ	따	tta ㄉㄚ	땨	ttya ㄉㄧㄚ	떠	tteo ㄉㄛ	뗘	ttyeo ㄉㄧㄛ
	ㅃ	pp ㄅ	빠	ppa ㄅㄚ	뺘	ppya ㄅㄧㄚ	뻐	ppeo ㄅㄛ	뼈	ppyeo ㄅㄧㄛ
	ㅆ	ss ㄙ	싸	ssa ㄙㄚ	쌰	ssya ㄙㄧㄚ	써	sseo ㄙㄛ	쎠	ssyeo ㄙㄧㄛ
	ㅉ	jj ㄗ	짜	jja ㄗㄚ	쨔	jjya ㄗㄧㄚ	쩌	jjeo ㄗㄛ	쪄	jjyeo ㄗㄧㄛ

單母音

ㅗ		ㅛ		ㅜ		ㅠ		ㅡ		ㅣ	
o ㄡ		yo 一ㄡ		u ㄨ		yu 一ㄨ		eu ㄜ		i 一	
꼬	kko 《ㄡ	꾜	kkyo 《一ㄡ	꾸	kku 《ㄨ	뀨	kkyu 《一ㄨ	끄	kkeu 《ㄜ	끼	kki 《一
또	tto ㄉㄡ	뚀	ttyo ㄉ一ㄡ	뚜	ttu ㄉㄨ	뜍	ttyu ㄉ一ㄨ	뜨	tteu ㄉㄜ	띠	tti ㄉ一
뽀	ppo ㄅㄡ	뾰	ppyo ㄅ一ㄡ	뿌	ppu ㄅㄨ	쀼	ppyu ㄅ一ㄨ	쁘	ppeu ㄅㄜ	삐	ppi ㄅ一
쏘	sso ㄙㄡ	쑈	ssyo ㄙ一ㄡ	쑤	ssu ㄙㄨ	쓔	ssyu ㄙ一ㄨ	쓰	sseu ㄙㄜ	씨	ssi ㄙ一
쪼	jjo ㄗㄡ	쬬	jjyo ㄗ一ㄡ	쭈	jju ㄗㄨ	쮸	jjyu ㄗ一ㄨ	쯔	jjeu ㄗㄜ	찌	jji ㄗ一

代表性收尾音

	ㄱ	ㄴ	ㄷ	ㄹ
子音+母音	k ㄎ	n ㄋ	t ㄊ	l ㄌ
가 ga 《ㄚ	각 gak 《ㄚㄎ	간 gan 《ㄚㄋ	갇 gat 《ㄚㄊ	갈 gal 《ㄚㄌ
나 na ㄋㄚ	낙 nak ㄋㄚㄎ	난 nan ㄋㄚㄋ	낟 nat ㄋㄚㄊ	날 nal ㄋㄚㄌ
다 da ㄉㄚ	닥 dak ㄉㄚㄎ	단 dan ㄉㄚㄋ	닫 dat ㄉㄚㄊ	달 dal ㄉㄚㄌ
라 ra ㄌㄚ	락 rak ㄌㄚㄎ	란 ran ㄌㄚㄋ	랃 rat ㄌㄚㄊ	랄 ral ㄌㄚㄌ
마 ma ㄇㄚ	막 mak ㄇㄚㄎ	만 man ㄇㄚㄋ	맏 mat ㄇㄚㄊ	말 mal ㄇㄚㄌ
바 ba ㄅㄚ	박 bak ㄅㄚㄎ	반 ban ㄅㄚㄋ	받 bat ㄅㄚㄊ	발 bal ㄅㄚㄌ
사 sa ㄙㄚ	삭 sak ㄙㄚㄎ	산 san ㄙㄚㄋ	삳 sat ㄙㄚㄊ	살 sal ㄙㄚㄌ
아 a ㄚ	악 ak ㄚㄎ	안 an ㄚㄋ	앋 at ㄚㄊ	알 al ㄚㄌ
자 ja ㄗㄚ	작 jak ㄗㄚㄎ	잔 jan ㄗㄚㄋ	잗 jat ㄗㄚㄊ	잘 jal ㄗㄚㄌ
차 cha ㄘㄚ	착 chak ㄘㄚㄎ	찬 chan ㄘㄚㄋ	찯 chat ㄘㄚㄊ	찰 chal ㄘㄚㄌ
카 ka ㄎㄚ	칵 kak ㄎㄚㄎ	칸 kan ㄎㄚㄋ	칻 kat ㄎㄚㄊ	칼 kal ㄎㄚㄌ
타 ta ㄊㄚ	탁 tak ㄊㄚㄎ	탄 tan ㄊㄚㄋ	탇 tat ㄊㄚㄊ	탈 tal ㄊㄚㄌ
파 pa ㄆㄚ	팍 pak ㄆㄚㄎ	판 pan ㄆㄚㄋ	팓 pat ㄆㄚㄊ	팔 pal ㄆㄚㄌ
하 ha ㄏㄚ	학 hak ㄏㄚㄎ	한 han ㄏㄚㄋ	핟 hat ㄏㄚㄊ	할 hal ㄏㄚㄌ

小叮嚀 羅馬拼音an=ㄢ，因此ㄚㄋ可以唸成ㄢ，
如:간[《ㄚㄋ]=[《ㄢ]。

代表性收尾音

子音+母音		ㅁ m ㄇ		ㅂ p ㄆ		ㅇ ng ㄥ	
가	ga 《丫	감	gam 《丫ㄇ	갑	gap 《丫ㄆ	강	gang 《丫ㄥ
나	na ㄋ丫	남	nam ㄋ丫ㄇ	납	nap ㄋ丫ㄆ	낭	nang ㄋ丫ㄥ
다	da ㄉ丫	담	dam ㄉ丫ㄇ	답	dap ㄉ丫ㄆ	당	dang ㄉ丫ㄥ
라	ra ㄌ丫	람	ram ㄌ丫ㄇ	랍	rap ㄌ丫ㄆ	랑	rang ㄌ丫ㄥ
마	ma ㄇ丫	맘	mam ㄇ丫ㄇ	맙	map ㄇ丫ㄆ	망	mang ㄇ丫ㄥ
바	ba ㄅ丫	밤	bam ㄅ丫ㄇ	밥	bap ㄅ丫ㄆ	방	bang ㄅ丫ㄥ
사	sa ㄙ丫	삼	sam ㄙ丫ㄇ	삽	sap ㄙ丫ㄆ	상	sang ㄙ丫ㄥ
아	a 丫	암	am 丫ㄇ	압	ap 丫ㄆ	앙	ang 丫ㄥ
자	ja ㄗ丫	잠	jam ㄗ丫ㄇ	잡	jap ㄗ丫ㄆ	장	jang ㄗ丫ㄥ
차	cha ㄘ丫	참	cham ㄘ丫ㄇ	찹	chap ㄘ丫ㄆ	창	chang ㄘ丫ㄥ
카	ka ㄎ丫	캄	kam ㄎ丫ㄇ	캅	kap ㄎ丫ㄆ	캉	kang ㄎ丫ㄥ
타	ta ㄊ丫	탐	tam ㄊ丫ㄇ	탑	tap ㄊ丫ㄆ	탕	tang ㄊ丫ㄥ
파	pa ㄆ丫	팜	pam ㄆ丫ㄇ	팝	pap ㄆ丫ㄆ	팡	pang ㄆ丫ㄥ
하	ha ㄏ丫	함	ham ㄏ丫ㄇ	합	hap ㄏ丫ㄆ	항	hang ㄏ丫ㄥ

小叮嚀
羅馬拼音 ang=尢，
因此丫ㄥ可以唸成尢，
如:강[《丫ㄥ]=[《尢]

01

韓國語子音、送氣音介紹

學習韓國語第一步，得先認識韓語標音符號，所以，我們要先來學習韓語最基本的14個子音。

我們先分列表格如下，之後，再來一一解說各個子音發音技巧喔。

讀者可以邊聽mp3，邊練習寫子音字型喔。

單子音(단자음)

「字首音（初聲）」與「收尾音」唸法不同時，羅馬拼音和注音符號用「/」來區分，左邊為字首音而右邊為收尾音的唸法。例如 ㄱ：《（當作初聲注音符號的唸法）/ ㄎ（當作收尾音注音符號的唸法）。請仔細聽老師唸韓式音標喔！

字形	羅馬拼音	韓式音標	注音符號	筆順
ㄱ	g / k	기역(gi-yeok)	《/ㄎ	ㄱ
ㄴ	n	니은(ni-eun)	ㄋ	ㄴ
ㄷ	d / t	디귿(di-geut)	ㄉ/ㄊ	ㄷ
ㄹ	r / l	리을(ri-eul)	ㄌ/ㄌ	ㄹ
ㅁ	m	미음(mi-eum)	ㄇ	ㅁ
ㅂ	b / p	비읍(bi-cup)	ㄅ/ㄆ	ㅂ
ㅅ	s / t	시옷(si-ot)	ㄙ/ㄊ	ㅅ
ㅇ	無聲 / ng	이응(i-eung)	無聲/ㄥ	ㅇ
ㅈ	j / t	지읒(ji-eut)	ㄗ/ㄊ	ㅈ
ㅊ	ch / t	치읓(chi-eut)	ㄘ/ㄊ	ㅊ
ㅋ	k	키읔(ki-euk)	ㄎ	ㅋ
ㅌ	t	티읕(ti-eut)	ㄊ	ㅌ
ㅍ	p	피읖(pi-eup)	ㄆ	ㅍ
ㅎ	h / t	히읗(hi-eut)	ㄏ/ㄊ	ㅎ

學員們已經熟悉韓語的子音符號了嗎？

接下來，我們就來分別解說每個子音的發音技巧喔。底下每個子音，都會搭配常用的單字，讀者也可一邊學習發音、一方面背下這些實用單字。

那麼，我們就開始吧。

기역(gi-yeok)

羅馬拼音

g / k

字首音　　收尾音

注音符號

ㄍ / ㄎ

發音要訣

這個字發音為「기역」(gi-yeok)。即像我們在發中文「ㄍ」時，用到的發音部位。

此字當作收尾音時，得用到喉部發音（即發台語「骨」），請學員在發此字收尾音時，喉部一定要振動喔。

寫寫看

① ㄱ	ㄱ	ㄱ	ㄱ				

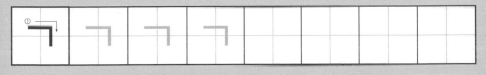

聽MP3要跟著老師一起唸喔！

가수
ga-su
歌手

가수	

고기
go-gi
肉

고기	

● 只要在「고기」單字前方，加上「돼지」或是「소」，就變成「돼지고기(豬肉)」、「소고기(牛肉)」的單字喔！

구두
gu-du
皮鞋

구두	

기타
gi-ta
吉他

기타	

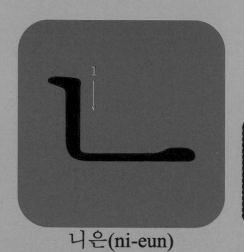

니은(ni-eun)

羅馬拼音
n

注音符號
ㄋ

發音要訣

這個字發音為「니은」(ni-eun)。即像我們在發中文「ㄋ」時，用到的發音部位。

此字當作收尾音時，也是發「n」的音。

寫寫看

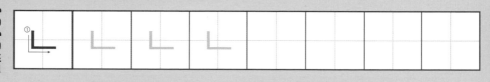

나비
na-bi
蝴蝶

| 나비 | |

나쁘다
na-ppeu-da
壞、不好的

| 나쁘다 | |

노래
no-rae
歌曲

| 노래 | |

뉴스
nyu-seu
新聞(news)

| 뉴스 | |

子音
자음

ㄱ ㄴ **ㄷ** ㄹ ㅁ ㅂ ㅅ ㅇ ㅈ ㅊ ㅋ ㅌ ㅍ ㅎ

單子音(단자음)

羅馬拼音
d / t

注音符號
ㄅ / ㄊ

發音要訣

這個字發音為「디귿」(di-geut)。即像我們在發中文「ㄅ」時，用到的發音部份。

此字當作收尾音時，則發急促的「t」的音。

디귿(di-geut)

 **寫寫看**

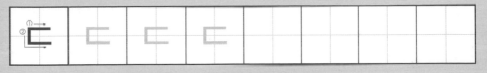

다리		
da-ri	다리	
腳、橋		

두부		
du-bu	두부	
豆腐		

다		
da	다	
全部		

다리다		
da-ri-da	다리다	
燙(衣服)		

리을(ri-eul)

羅馬拼音
r / l

注音符號
ㄌ / ㄌ

發音要訣

這個字發音為「리을」(ri-eul)。即像我們在發中文「ㄌ」時，用到的發音部位。

此字當作收尾音時，舌頭頂住上顎，稍微捲舌的「r」音。

 寫寫看

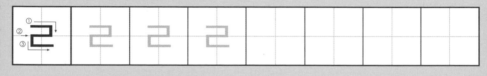

라디오
ra-di-o
收音機

라디오

● 韓國語內有很多外來語，如此單字便來自英文「radio」(收音機)。

우리
u-ri
我們

우리

나라
na-ra
國家

나라

모르다
mo-reu-da
陌生、不懂

모르다

미음(mi-eum)

羅馬拼音	注音符號
m	ㄇ

發音要訣

這個字發音為「미음」(mi-eum)。即像我們在發中文「ㄇ」時，用到的發音部份。此字當作收尾音時，發閉口音「m」音。

寫寫看

□	□	□	□					

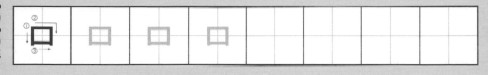

마리
ma-ri
隻(量詞)

마리	

미국
mi-guk
美國

미국	

마시다
ma-si-da
喝

마시다	

머리
meo-ri
頭

머리	

● 「光頭」怎麼說呢？即「대머리」。

비읍(bi-eup)

羅馬拼音
b / p

注音符號
ㄅ / ㄆ

發音要訣

此字發音為「비읍」(bi-eup)。即像我們在發中文「ㄅ」時，用到的發音部位。此字當作收尾音時，則比發當作收尾音「ㅁ」(m)，更為急促與更快閉口的「p」音。

寫寫看

①③②④ ㅂ	ㅂ	ㅂ	ㅂ				

바구니
ba-gu-ni
籃子

바구니	

바지
ba-ji
褲子

바지	

● 補充一個相關單字 ——「牛仔褲」（청바지）。

바보
ba-bo
傻瓜

바보	

보다
bo-da
看

보다	

子音
자음

시옷(si-ot)

羅馬拼音
s / t

注音符號
ㄙ / ㄒ

發音要訣

此字發音為「시옷」(si-ot)。即像我們在發中文「ㄙ」時，用到的發音部位。

此字當作收尾音時，則發急促的「t」音。

寫寫看

人	人	人	人						

사자
sa-ja
獅子

사자	

도시
do-si
都市

도시	

주스
ju-seu
果汁

주스	

비서
bi-seo
秘書

비서	

이응(i-eung)

羅馬拼音
無聲/ng

注音符號
無聲/ㄥ

發音要訣

此字發音為「이응」(i-eung)，此字當作初聲（放在第一個位置）時，呈現不發音子音。此字當作收尾音時，則發「ng」（類似發「ㄥ」）鼻音。

寫寫看

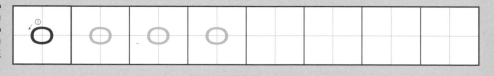

ㅇ	ㅇ	ㅇ	ㅇ				

아이
a-i
嬰兒

아이	

우주
u-ju
宇宙

우주	

오이
o-i
小黃瓜

오이	

배우
bae-u
演員

배우	

지읒(ji-eut)

羅馬拼音
j / t

注音符號
ㄗ / ㄊ

發音要訣

此字發音為「지읒」(ji-eut)。即像我們在發中文「ㄐ」時,用到的發音部位。
此字當作收尾音時,則發急促的「t」音。

寫寫看

ㅈ	ㅈ	ㅈ	ㅈ					

자리
ja-ri
位子

● 此單字合併之前學過的「사자」(獅子)單字,就變成「사자자리」(獅子(星)座)。

자리	

지구
ji-gu
地球

지구	

주다
ju-da
給

주다	

자
ja
尺

자	

치읓(chi-eut)

羅馬拼音
ch / t

注音符號
ㄔ / ㄊ

發音要訣

此字發音為「치읓」(chi-eut)。即像我們在發中文「ㄑ」時，用到的發音部位。

此字當作收尾音時，則發急促的「t」音。

寫寫看

天　天　天　天

| | | | | |

차
cha
茶

● 韓國有名的「柚子茶」要怎麼說？即「유자차」。

| 차 | |
| | |

치마
chi-ma
裙子

| 치마 | |
| | |

기차
gi-cha
火車

| 기차 | |
| | |

치과
chi-gwa
牙科 (牙醫診所)

| 치과 | |
| | |

키읔(ki-euk)

羅馬拼音	注音符號
k	ㄎ

發音要訣

此字發音為「키읔」(ki-euk)。即像我們在發中文「ㄍ」時，用到的發音部位。此字當作收尾音時，則發急促的「k」音。

寫寫看

①→ ㅋ ②	ㅋ	ㅋ	ㅋ					

카메라
ka-me-ra
照相機

카메라	

크다
keu-da
身材高大、寬大

크다	

카드
ka-deu
卡片

카드	

커피
keo-pi
咖啡

커피	

티읕(ti-eut)

羅馬拼音	注音符號
t	ㄊ

發音要訣

此字發音為「티읕」(ti-eut)。即像我們在發中文「ㄊ」時，用到的發音部位。
此字當作收尾音時，則發急促的「t」音。

 **寫寫看**

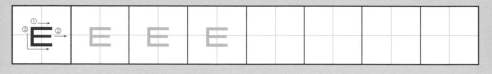

타다
ta-da
搭乘

타다

투자
tu-ja
投資

투자

티셔츠
ti-syeo-cheu
T 恤(T-shirt)

티셔츠

오토바이
o-to-ba-i
摩托車

오토바이

피읔(pi-eup)

羅馬拼音
p

注音符號
ㄆ

發音要訣

此字發音為「피읔」(pi-eup)。即像我們在發中文「ㄆ」時，用到的發音部位。

此字當作收尾音時，則發急促的「p」音。

寫寫看

ㅍ	ㅍ	ㅍ	ㅍ					

파도
pa-do
海浪

파도	

포도
po-do
葡萄

포도	

파티
pa-ti
派對(Party)

파티	

피아노
pi-a-no
鋼琴(Piano)

피아노	

單子音 (단자음)

히읗(hi-eut)

羅馬拼音
h / t

注音符號
ㄏ / ㄊ

發音要訣

此字發音為「히읗」(hi-eut)。即像我們在發中文「ㄏ」時，用到的發音部位。

此字當作收尾音時，則發急促的「t」音。

 寫寫看

ㅎ	ㅎ	ㅎ	ㅎ				

하마
ha-ma
河馬

하마	

하나
ha-na
(數字) 一

하나	

휴지
hyu-ji
衛生紙

휴지	

후배
hu-bae
學弟妹
、晚輩

후배	

送氣音

　　學員在這裡，一定會發現到有八個子音字型，長得很像吧？分別是：

ㄱ、ㅋ、ㄷ、ㅌ、ㅂ、ㅍ、ㅈ、ㅊ

　　沒錯，這邊有四組「平音」與「送氣音」。那麼，什麼是平音與送氣音呢？即類似中文的「ㄍ」、「ㄎ」；「ㄉ」、「ㄊ」；「ㄅ」、「ㄆ」；「ㄗ」、「ㄘ」。

　　前者是「平音」，後者則是前方的「送氣音」喔。

　　那麼，兩者要怎麼分辨呢？其實很簡單，學員只要把手張開，放在嘴巴前方，發「ㄅ」、「ㄆ」兩音時，就可感受到發「ㄆ」氣息，比「ㄅ」強烈吧？而「ㄆ」就是「ㄅ」的送氣音囉。

　　如下表，請學員聽著mp3，來區分平音與送氣音喔。

發音練習

平音	送氣音
가（ㄍ）	카（ㄎ）
다（ㄉ）	타（ㄊ）
바（ㄅ）	파（ㄆ）
자（ㄗ）	차（ㄘ）

練習

學習完韓國語的子音系統之後，那麼我們就來做一個小練習，請學員圈選出mp3中的音：

1.   **가**   **(카)**

2.   **바**   **파**

3.   **다**   **타**

4.   **사자**   **사차**

5.   **오빠**   **오바**

6.   **포도**   **보도**

7.   **파티**   **바디**

8.   **추다**   **주다**

9.   **나비**   **다비**

10.   **두부**   **투부**

解答
1. 카
2. 파
3. 다
4. 사자
5. 오빠
6. 포도
7. 파티
8. 주다
9. 나비
10. 두부

02

韓國語母音、複母音介紹

接下來，我們要來學習韓國語母音發音。

其實全世界的語言，都得一個子音搭配一個母音，才能發出聲音來喔。

我們在此，若學習完韓語的母音跟複合母音，即可發出簡單的兩個標音符號組成的韓文囉。

單母音(단모음)

韓語的母音，共計有10個，分列如下：

字形	羅馬拼音	韓式音標	注音符號	筆順
ㅏ	a	아(a)	ㄚ	
ㅑ	ya	야(ya)	ㄧㄚ	
ㅓ	eo	어(eo)	ㄛ	
ㅕ	yeo	여(yeo)	ㄧㄛ	
ㅗ	o	오(o)	ㄡ	
ㅛ	yo	요(yo)	ㄧㄡ	
ㅜ	u	우(u)	ㄨ	
ㅠ	yu	유(yu)	ㄧㄨ	
―	eu	으(eu)	ㄜ	
ㅣ	i	이(i)	ㄧ	

　　韓語的母音系統相較於子音，較為簡單。因為，韓語的子音除了可以當作初聲外，也都可以當作收尾音使用，且當作收尾音的子音，有些字的發音還會不同於當作初聲子音的發音呢。

　　所以，學員在學習母音系統時，首先得背誦母音字型，與熟悉此符號發音喔。

　　接下來，我們同樣透過單字，來學習母音發音喔。

母音
모음

ㅏ ㅑ ㅓ ㅕ ㅗ ㅛ ㅜ ㅠ ㅡ ㅣ

單母音(단모음)

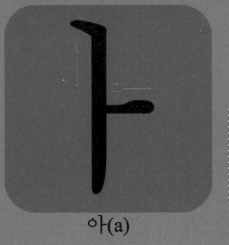

아(a)

羅馬拼音	注音符號
a	ㄚ

發音要訣

這個母音就是我們在發「ㄚ」的音。

 寫寫看

ㅏ	ㅏ	ㅏ	ㅏ				

가다
ga-da
前去

가다	

나무
na-mu
樹木

나무	

마리
ma-ri
隻

마리	

아기
a-gi
小孩

아기	

母音
모음

ㅏ ㅑ ㅓ ㅕ ㅗ ㅛ ㅜ ㅠ ㅡ ㅣ

單母音(단모음)

야(ya)

羅馬拼音
ya

注音符號
ㄧㄚ

發音要訣
這個母音就是我們在發「ㄧㄚ」的音。

寫寫看

| ㅑ | ㅑ | ㅑ | ㅑ | | | | | |

야구
ya-gu
棒球

| 야구 | |

이야기
i-ya-gi
會談、故事

| 이야기 | |

야채
ya-chae
蔬菜

| 야채 | |

야자
ya-ja
椰子

| 야자 | |

母音
모음

單母音(단모음)

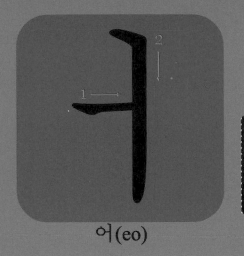

어(eo)

羅馬拼音
eo

注音符號
ㄛ

發音要訣

這個母音就是我們在發「ㄡ」音嘴型，但相較於另外一個「ㅗ」母音，嘴型是扁狀發音。

 寫寫看

① ㅓ ②	ㅓ	ㅓ	ㅓ						

머리
meo-ri
頭

머리	

버스
beo-seu
公車

버스	

너
neo
你

너	

어디
eo-di
哪裡？

어디	

母音
모음

單母音(단모음)

여(yeo)

羅馬拼音

yeo

注音符號

ㄧㄜ

發音要訣

這個母音就是我們在發「ㄧㄜ」音嘴型，但相較於另外一個「ㅛ」母音，嘴型是扁狀發音。

寫寫看

ㅕ	ㅕ	ㅕ						

여기
yeo-gi
這裡

여기	

여자
yeo-ja
女生

여자	

여보
yeo-bo
夫妻

여보	

여우
yeo-u
狐狸

여우	

35

母音
모음

ㅏ ㅑ ㅓ ㅕ **ㅗ** ㅛ ㅜ ㅠ ㅡ ㅣ

單母音(단모음)

오(o)

羅馬拼音	注音符號
o	ㄡ

發音秘訣 這個母音就是我們在發「ㄡ」音嘴型，但相較於另外一個「ㅓ」母音，嘴型是圓狀發音。

寫寫看

ㅗ	ㅗ	ㅗ	ㅗ				

보다
bo-da
看

보다	

오다
o-da
前來

오다	

노래
no-rae
歌曲

노래	

고프다
go-peu-da
飢餓

고프다	

母音
모음

單母音(단모음)

요(yo)

羅馬拼音

yo

注音符號

ㄧㄡ

發音要訣

這個母音就是我們在發「ㄧㄡ」音嘴型，但相較於另外一個「ㅕ」母音，嘴型是圓狀發音。

寫寫看

① ② ㅛ ③	ㅛ	ㅛ	ㅛ					

교수
gyo-su
教授

● 韓國人習慣在「教授」後方，加上尊稱「님」（nim）。

교수	

우표
u-pyo
郵票

우표	

쇼
syo
秀、表演
（show）

쇼	

교과서
gyo-gwa-seo
教科書

교과서	

母音
모음

單母音(단모음)

ㅏ ㅑ ㅓ ㅕ ㅗ ㅛ ㅜ ㅠ ㅡ ㅣ

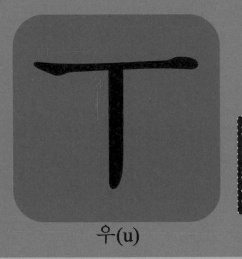

우(u)

羅馬拼音	注音符號
u	ㄨ

發音要訣 這個母音就是我們在發「ㄨ」音的嘴型。

寫寫看

① → ② ↓ ㅜ	ㅜ	ㅜ	ㅜ					

부모
bu-mo
父母

부모	

누나
nu-na
男生稱呼
姊姊所用
的單詞

누나	

● 女生稱呼姊姊所用的韓文單詞則是：
「언니」（eon-ni）

우유
u-yu
牛奶

우유	

두부
du-bu
豆腐

두부	

母音
모음

ㅏ ㅑ ㅓ ㅕ ㅗ ㅛ ㅜ ㅠ ㅡ ㅣ

單母音(단모음)

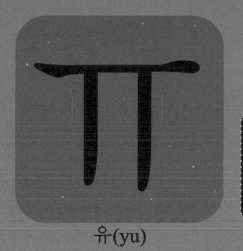

유(yu)

羅馬拼音	注音符號
yu	一ㄨ

發音要訣

這個母音就是我們在發「一」跟「ㄨ」急速發音（變成「yu」）的嘴型。

寫寫看

ㅠ ㅠ ㅠ ㅠ

우유
u-yu
牛奶

우유

유학
yu-hak
留學、遊學，儒學

유학

유자차
yu-ja-cha
柚子茶

유자차

뉴스
nyu-seu
新聞

뉴스

母音
모음

ㅏ ㅑ ㅓ ㅕ ㅐ ㅗ ㅛ ㅜ ㅠ ㅡ ㅣ

單母音(단모음)

羅馬拼音	注音符號
eu	ㄜ

ㅇ(eu)

發音要訣

類似中文發音的「ㄜ」音嘴型。即平展發「ㄒ」音時，嘴角向兩側平展。

 寫寫看

① ➡							

아프다
a-peu-da
痛
아프다	

그리다
geu-ri-da
畫畫
그리다	

크다
keu-da
身材高大、寬大
크다	

나쁘다
na-ppeu-da
心情壞、不好的
나쁘다	

母音
모음

ㅏ ㅑ ㅓ ㅕ ㅗ ㅛ ㅜ ㅠ ㅡ ㅣ

單母音(단모음)

이(i)

羅馬拼音
i

注音符號
ㄧ

發音要訣

類似發中文「ㄧ」音嘴型。

寫寫看

① ↓									

기도
gi-do
祈禱、禱告

기도

피아노
pi-a-no
鋼琴

피아노

시대
si-dae
時代

시대

시계
si-gye
鐘錶

시계

複母音(이중모음)

除了前方10個單母音外，還有所謂的「複母音」，或稱為「其他母音」（기타모음）、「二重母音」。共計11個。

我們先列表如下，再來一一分別解說之。

複母音(이중모음)：

字形	羅馬拼音	韓式音標	注音符號	筆順
ㅔ	e	에(e)	ㄝ	
ㅐ	ae	애(ae)	ㄝ	
ㅖ	ye	예(ye)	ㄧㄝ	
ㅒ	yae	애(yae)	ㄧㄝ	
ㅘ	wa	와(wa)	ㄨㄚ	
ㅚ	oe	외(oe)	ㄨㄝ	
ㅙ	wae	왜(wae)	ㄨㄝ	
ㅞ	we	웨(we)	ㄨㄝ	
ㅝ	wo	워(wo)	ㄨㄛ	
ㅟ	wi	위(wi)	ㄨㄧ	
ㅢ	ui	의(ui)	ㄜㄧ	

同樣地，我們用子音來搭配複合母音，練習發音與學習單字喔。

母音
모음

ㅔ ㅐ ㅖ ㅒ ㅘ ㅚ ㅙ ㅖ ㅓ ㅟ ㅢ

複母音(이중모음)

에(e)

羅馬拼音	注音符號
e	ㄝ

發音要訣

此字發音，即像我們發「egg」的「e」的舌位跟發音；相較「ㅐ」複合母音，舌位是比較低的。

寫寫看

ㅔ	ㅔ	ㅔ	ㅔ			

가게
ga-ge
泛指「商店」

가게	

어제
eo-je
昨天

어제	

제
je
我的
（謙虛的表現）

제	

헤어지다
he-eo-ji-da
分手、分別

헤어지다	

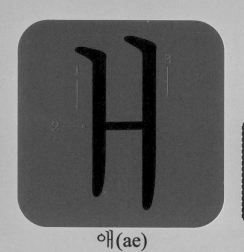

애(ae)

羅馬拼音
ae

注音符號
ㄝ

發音要訣

此字發音，即像我們發「air」的「a」的舌位跟發音；相較「ㅖ」複合母音，舌位是比較高的。

寫寫看

ㅐ　ㅐ　ㅐ　ㅐ

개	개	
gae		
狗、個(量詞)		

배	배	
bae		
船、梨子、肚子		

내	내	
nae		
我的(半語)		

모래	모래	
mo-rae		
沙子		

母音
모음

ㅔ ㅐ **ㅖ** ㅒ ㅘ ㅚ ㅙ ㅔ ㅓ ㅝ ㅜ

複母音(이중모음)

예(ye)

羅馬拼音
ye

注音符號
一ㅔ

發音要訣

此字發音，類似「一」跟「ㅔ」急速發音的「ye」音；相較「ㅐ」複合母音，舌位是比較高的。

寫寫看

ㅖ	ㅖ	ㅖ				

예술
ye-sul
藝術

예술	

예
ye
是的 (韓國人回答時的發語詞)

예	

지혜
ji-hye
智慧

8521×597
=508/037

지혜	

혜성
hye-seong
彗星

혜성	

애(yae)

羅馬拼音

yae

注音符號

ㄧㅔ

發音要訣

此字發音，類似「ㄧ」跟「ㅔ」急速發音的「yae」音；相較「ㅖ」複合母音，舌位是比較低的。

寫寫看

ㅒ ㅒ ㅒ ㅒ

애기
yae-gi
聊天、說話

● 「이야기」的縮語
　而成的單字。

애
yae
小孩

● 「이아이」的縮語
　而成的單字。

와(wa)

羅馬拼音
wa

注音符號
ㄨㄚ

發音要訣

此字發音，類似「ㄨ」加上「ㄚ」，發成「wa」的音。

寫寫看

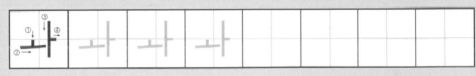

과자
gwa-ja
餅乾

과자 | |

과거
gwa-geo
過去、以前

과거 | |

사과
sa-gwa
蘋果

사과 | |

좌석
jwa-seok
坐席

좌석 | |

외(oe)

羅馬拼音	注音符號
oe	ㄨㄝ

發音要訣

此字發音，類似「ㄨ」加上「ㄝ」，發成「oe」的音。

寫寫看

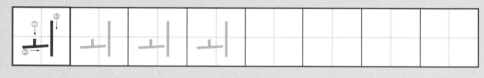

외국인
oe-gu-gin
外國人

외국인

회사
hoe-sa
公司

회사

사회
sa-hoe
社會

사회

회
hoe
生魚片

회

왜(wae)

發音要訣

此字發音，類似「ㄨ」加上「ㄝ」，發成「wae」的音。

寫寫看

ㅙ	ㅙ	ㅙ	ㅙ						

왜
wae
為什麼？

● 這單字也可以單獨使用，用來詢問對方為什麼使用，但建議加上尊敬語尾，「왜요？」

왜	

돼지
dwae-ji
豬

돼지	

괘도
gwae-do
璧圖、掛圖

괘도	

괜찮다
gwaen-chan-ta
沒有大礙

괜찮다	

웨(we)

羅馬拼音
we

注音符號
ㄨㄝ

發音要訣

此字發音，類似「ㄨ」加上「ㄝ」，發成「we」的音。

寫寫看

ㅞ	ㅞ	ㅞ	ㅞ					

궤변
gwe-byeon
詭辯、巧辯

궤변	

웨이터
we-i-teo
服務生（waiter）

웨이터	

웬일
wen-il
怎麼回事?

웬일	

궤도
gwe-do
軌道

궤도	

母音
모음

複母音(이중모음)

워(wo)

羅馬拼音

wo

注音符號

ㄨㄛ

發音要訣

此字發音，類似「ㄨ」加上「ㄛ」，發成「wo」的音。

寫寫看

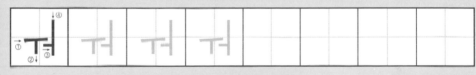

뭐?			

뭐?
mwo
什麼？

● 這單字也可以單獨使用，用來詢問對方什麼東西時使用，但建議加上尊敬語尾，「뭐요？」

고마워요
go-ma-wo-yo
謝謝

추워요
chu-wo-yo
寒冷

무거워요
mu-geo-wo-yo
沉重

위(wi)

羅馬拼音
wi

注音符號
ㄨㄧ

發音要訣

此字發音，類似「ㄨ」加上「ㄧ」，發成「wi」的音。

寫寫看

ㅟ	ㅟ	ㅟ	ㅟ				

위 wi 上方	위		귀 gwi 耳朵	귀	
뒤 dwi 後方	뒤		쥐 jwi 老鼠	쥐	

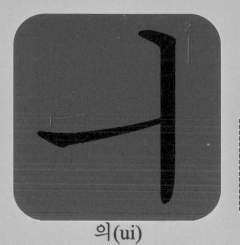

의(ui)

羅馬拼音	注音符號
ui	ㄜㄧ

發音要訣 此字發音，類似「ㄜ」加上「ㄧ」，發成「ui」的音。

寫寫看

	ㅢ	ㅢ	ㅢ						

의자
ui-ja
椅子

의자	

의사
ui-sa
醫生

의사	

의무
ui-mu
義務

의무	

의과
ui-gwa
醫科

의과	

　　學員學到這，是否會覺得母音字型都很相近呢？別擔心，多多練習馬上就會了。

　　底下，為筆者整理出來的發音小技巧與學習小叮嚀，希望學員們得特別注意到喔。

發音小技巧

　　第一，關於母音「애」、「에」發音技巧：因這兩個字發音位置相近，發出來的音也相近，所以韓國人也常常寫錯字喔。嚴格區分為：

　　「애」：舌位比較高，如發英文air的a音；

　　「에」：舌位比較低，如發英文egg的e音。

　　第二，複母音學習的小技巧：其複合母音都是由兩個單母音配合組織而成的音，規則如下：

　　「ㅖ」這個複母音是「ㅣ」+「ㅔ」，發音成「ㅖ」。

　　「ㅒ」這個複母音是「ㅣ」+「ㅐ」，發音成「ㅒ」。

　　「ㅘ」這個複母音是「ㅗ」+「ㅏ」，發音成「ㅘ」。

　　「ㅚ」這個複母音是「ㅗ」+「ㅣ」，發音成「ㅚ」。

　　「ㅙ」這個複母音是「ㅗ」+「ㅐ」，發音成「ㅙ」。

　　「ㅞ」這個複母音是「ㅜ」+「ㅔ」，發音成「ㅞ」。

　　「ㅝ」這個複母音是「ㅜ」+「ㅓ」，發音成「ㅝ」。

　　「ㅟ」這個複母音是「ㅜ」+「ㅣ」，發音成「ㅟ」。

　　「ㅢ」這個複母音是「ㅡ」+「ㅣ」，發音成「ㅢ」。

第三，複母音發音小技巧：

（1）「ㅒ」、「ㅖ」搭配其他子音時，可唸成「ㅔ」音。如：시계(手錶)發音成「세게」(si-ge);계획(計畫)發音成「게획」(ge-hoek)。

（2）「ㅢ」的音發音規則：

　　1.「의」出現在詞句第一個位置，發成「의」音；在其它的位置，則發成「이」音。

　　　　如：의자發音成「의자」（ui-ja）：椅子；

　　　　　　주의發音成「주이」（ju-i）：主義。

　　2.當作助詞所有格的「의」，為了發音方便，唸成「에」。

　　　　如：누나의 시계發音成「누나에 시계」(nu-na-e si-ge)：姊姊的手錶

（3）「ㅙ」、「ㅚ」、「ㅞ」發音規則：

　　「ㅙ」、「ㅚ」、「ㅞ」，雖有細微發音部位之差別，但因發音位置相近所故，可發成相同的音。

練 習

學習完韓國語的母音系統，那麼我們就來練習圈選出
mp3中的複合母音的單詞吧：

1. 귀 괘

2. 개 걔

3. 뭐 돼

4. 솨 쉬

5. 둬 데

6. 돼지 되지

7. 와 워

8. 의자 이사

9. 이사 의사

10. 애기 애기

03

韓國語硬音介紹

　　硬音（경음）發音很簡單，即把音發得重一點，類似中文聲調的四聲。

　　韓語共有五個硬音，比如「ㄲ」此標音符號，在語音學內，稱為「쌍기역」（雙기역），即寫成兩個成雙的「ㄱ」字型。同樣地，發音時也得發重一點的「ㄱ」（ㄍˋ）音喔。

　　例如：까發音成ㄍㄚˋ。

韓國語有五個硬音（경음），分列如下

字形	羅馬拼音	韓式音標	注音符號	筆順
ㄲ	kk	쌍기역(ssang-gi-yeok)	ㄍㄍ	ㄲ
ㄸ	tt	쌍디귿(ssang-di-geut)	ㄉ	ㄸ
ㅃ	pp	쌍비읍(ssang-bi-eup)	ㄅ	ㅃ
ㅆ	ss	쌍시옷(ssang-si-ot)	ㄙ	ㅆ
ㅉ	jj	쌍지읒(ssang-ji-eut)	ㄗ	ㅉ

※「ㄲ」的韓式音標：「쌍기역」（雙기역）。

同樣的，我們藉由單字來學習硬音的發音技巧喔。

硬音
경음

ㄲ ㄸ ㅃ ㅆ ㅉ

硬音（경음）

ㄲ

羅馬拼音 kk

注音符號 ㄍ

發音要訣 用中文四聲來發「가」，即形成「까」音。

쌍기역(ssang-gi-yeok)

寫寫看

ㄲ ①②　ㄲ　ㄲ　ㄲ

까치
kka-chi
鳥類的一種：鵲

꼬마
kko-ma
小鬼

토끼
to-kki
兔子

코끼리
ko-kki-ri
大象

硬音
경음

ㄲ ㄸ ㅃ ㅆ ㅉ

硬音（경음）

ㄸ

쌍디귿(ssang-di-geut)

羅馬拼音	注音符號
tt	ㄉ

發音要訣

用中文四聲來發「다」，即形成「따」音。

寫寫看

ㄸ	ㄸ	ㄸ	ㄸ				

어때요?
eo-ttae-yo
怎麼樣？

어때요	

또
tto
再

또	

따다
tta-da
摘下

따다	

따뜻하다
tta-tteu-ta-da
溫暖

따뜻하다	

硬音
경음

ㄲ ㄸ ㅃ ㅆ ㅉ

硬音（경음）

羅馬拼音

pp

注音符號

ㄅ

發音要訣

用中文四聲來發「바」，即形成「빠」音。

쌍비읍(ssang-bi-eup)

寫寫看

ㅃ	ㅃ	ㅃ	ㅃ				

아빠
a-ppa
小孩子對爸爸的親暱叫法

아빠	

뽀뽀
ppo-ppo
親親、親吻

뽀뽀	

뿌리
ppu-ri
根

뿌리	

빨리
ppal-li
快

빨리	

硬音
경음

ㄲ ㄸ ㅃ ㅆ ㅉ

硬音 (경음)

쌍시옷(ssang-si-ot)

羅馬拼音	注音符號
SS	ㄙ

發音要訣

用中文四聲來發「사」，即形成「싸」音。

 寫寫看

ㅆ	ㅆ	ㅆ	ㅆ						

싸다
ssa-da
便宜的

싸다	

쓰레기
sseu-re-gi
廢棄物、垃圾

쓰레기	

쓰다
sseu-da
寫、苦、花費(錢)

쓰다	

쌀
ssal
大米

쌀	

硬音
경음

ㄲ ㄸ ㅃ ㅆ ㅉ

硬音（경음）

羅馬拼音
jj

注音符號
ㄗ

發音要訣

用中文四聲來發「자」，即形成「짜」音。

쌍지읒(ssang-ji-eut)

寫寫看

ㅉ	ㅉ	ㅉ	ㅉ					

짜다
jja-da
鹹的

짜다	

찌개
jji-gae
火鍋、鍋類

찌개	

짜장면
jja-jang-myeon
炸醬麵

짜장면	

찌다
jji-da
蒸

찌다	

最後，我們聽mp3，來綜合練習所學到的「平音」、「送氣音」與「硬音」喔。

發音練習

平音	送氣音	硬音
가	카	까
다	타	따
바	파	빠
사	X	싸
자	차	짜

硬音
경음

練 習

我們學習完韓國語的硬音體系，現在就請學員來圈選出 mp3中的正確讀音，來加深印象囉！

1. 가　　　까　　　카
2. 다　　　따　　　타
3. 사　　　싸
4. 바　　　빠　　　파
5. 자　　　짜　　　차
6. 가수　　까수　　카수
7. 버스　　퍼스　　빠스
8. 타다　　다타　　따다
9. 의자　　의사　　의싸
10. 자리　　차리　　짜리

解答
1. 까
2. 따
3. 사
4. 파
5. 짜
6. 가수
7. 버스
8. 타다
9. 의자
10. 자리

04

韓國語拼音結構與重要的收尾音

韓國語的字型，基本上一定得組合兩個表音符號（子音加母音。類似中文注音符號，如ㄅㄧ，「逼」），才有可能發出聲。

而位於韓國語字型最下方的子音，又稱作「終聲」(종성)或「收尾音」(받침)。

韓國語的拼音結構

韓國語的字型，基本上一定得組合兩個表音符號（子音＋母音。類似中文注音符號，如ㄅㄧ，「逼」），才有可能發出聲。

最多則是四個表音符號，組成發三個音（子音+母音+收尾音。類似注音符號，如ㄅㄧㄝ，「憋」）。

而韓國語的字型組成方式，只有四種狀態，如下表所列：

（一）兩個韓國語表音符號組成的構造表，**(子音+母音)**有二種情況：

子音	母音

子音
母音

如

ㅂ + ㅣ = 비
b + i = bi
ㄅ + ㄧ = ㄅㄧ

ㄴ + ㅏ = 나
n + a = na
ㄋ + ㄚ = ㄋㄚ

ㅁ + ㅏ = 마
m + a = ma
ㄇ + ㄚ = ㄇㄚ

如

ㄱ + ㅜ = 구
g + u = gu
ㄍ + ㄨ = ㄍㄨ

ㄴ + ㅜ = 누
n + u = nu
ㄋ + ㄨ = ㄋㄨ

ㅇ + ㅜ = 우
無聲 + u = u
無聲 + ㄨ = ㄨ

（二）　三個韓國語以上的表音符號組成的構造表，(**子音+母音+子音**)有二種情況：

子音	母音
一個（或兩個）子音	

子音
母音
子音

如 ㅁ+ㅏ+ㄴ=만
m+a+n= **man**
ㄇ+ㄚ+ㄋ=ㄇㄚㄋ=ㄇㄢ
★ 發音以羅馬拼音為主，[an]唸[ㄢ]

ㅇ+ㅏ+ㄴ=안
無聲+a+n= **an**
無聲+ㄚ+ㄋ=ㄚㄋ=ㄢ

ㅎ+ㅏ+ㄹ+ㅌ=핥
h+a+l+(t)= **hal**
ㄏ+ㄚ+ㄌ+(ㄊ)=ㄏㄚㄌ

如 ㄴ+ㅜ+ㄴ=눈
n+u+n= nun
ㄋ+ㄨ+ㄋ=ㄋㄨㄋ

ㅎ+ㅗ+ㅇ=홍
h+o+ng= hong
ㄏ+ㄡ+ㄥ=ㄏㄡㄥ=ㄏㄨㄥ
★ 發音以羅馬拼音為主，[ong]唸[ㄨㄥ]

ㄴ+ㅗ+ㄱ=녹
n+o+k= nok
ㄋ+ㄡ+ㄎ=ㄋㄡㄎ

韓文字型有可能以四個標音符號組成，如「핥」(ㅎ+ㅏ+ㄹ+ㅌ)。
但我們人體發音器官，最多發出三個標音符號組合的「子音+母音+子音」音，類似中文的「ㄅ+ㄧ+ㄝ」，不可能發出「ㄅ+ㄧ+ㄝ+ㄚ」音。所以，「핥」這個字，我們發收尾音第一個「ㄹ」音，「ㅌ」不發音，故發音成「hal」。但書寫此字時，可要寫出有四個標音符號的「핥」喔。

　　位於韓語字型最下方的子音，又可稱「終聲」（종성）或「收尾音」（받침）。筆者在這裡，得提醒學員「收尾音非常重要」，因為韓文文法，幾乎會端看韓語單詞是否有無收尾音而決定。

　　韓國語的「收尾音」有兩種型態，第一是：以單子音為收尾音，我們稱為「홑받침」，共有以下7個音：

ㄱ、ㄴ、ㄷ、ㄹ、ㅁ、ㅂ、ㅇ。

發音規則如下表：

以單子音為 收尾音，共七音	例字	發音
ㄱ	국	發音是台語（閩南語）的「骨頭」的「骨」音。
ㄴ	안	發音是國語的「安」。
ㄷ	탇	發音是台語（閩南語）的「踢」音。
ㄹ	얼	發音是國語的「而」的音。
ㅁ	람	發音是國語的「藍」的音。
ㅂ	합	發音是台語（閩南語）的「合起來」的「合」音。與ㅁ比較起來，發音更為急促。
ㅇ	양	發音是國語的「羊」，鼻音。

第二種型態，則是以「複子音」，即兩個子音為收尾音，又稱為「겹받침」。

如筆者下方所整理出來的六項發音規則：

（1）若收尾音是：ㄲ、ㅋ要發成ㄱ的音

　　如：닦다/닥따/ dak-tta（擦、刷）

（2）若收尾音是：ㅅ、ㅆ、ㅈ、ㅉ、ㅊ、ㅌ要發成ㄷ的音

　　如：셋/셑/ set（三）、있다/읻다/ it-tta（有）、낮/낟/ nat（畫、白天）、꽃/꼳/ kkot（花）

（3）若收尾音是：ㅍ要發成ㅂ的音

　　如：앞/압/ ap（前方）、높다/놉따/ nop-tta（高的）

（4）若收尾音是：ㅄ、ㄳ、ㄵ、ㄾ、ㄿ要發第一個音

　　如：없다/업따/ eop-tta（沒有）、넋/넉/ neok（魂）、외곬/외골/ oe-gol（單方面）、핥다/할따/ hal-tta（舔）、앉다/안따/ an-tta（坐）

（5）若收尾音是：ㄲ、ㄻ要發第二個音

　　如：읊다/읍따/ eup-tta（吟誦、朗讀）、삶/삼/ sam（生命、生活）

（6）若收尾音是：ㄼ、ㄹ則呈現不規則發音

如：맑다/막따/ mak-tta（清澈、明亮的）、但是後方是「ㄱ」
的話，會變成要發「ㄹ」的音，如：맑게/말께/ mal-kke（清澈
地）；여덟/여덜/ yeo-deol（八），但若後方是子音的話，
「ㄼ」要發「ㅂ」的音，如：밟다/밥따/ bap-tta（踩、踏）

※　更多的韓國語發音規則，或語言學上的演變，請參閱筆者
《簡單快樂韓國語1》、《韓語超短句：從「是」開始》、《韓
半語：從「好啊」開始》(統一出版社)等書。

那麼，我們就來練習，搭配收尾音的韓語單字與發音吧。

기역(gi-yeok)

羅馬拼音	注音符號
g / k	《 / ㄎ

收尾音

發音要訣

這個字發音為「기역」（gi-yeok）。即像我們在發中文「《」時，用到的發音部位。此字當作收尾音時，得用到喉部發音（即發台語「骨」），請學員在發此字收尾音時，喉部一定要振動喔。

寫寫看

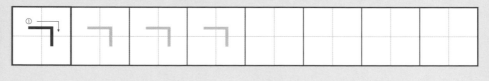

학생
hak-ssaeng
學生
학생

가족
ga-jok
家人
가족

한국
han-guk
韓國
한국

책
chaek
書
책

搭配「ㄴ」收尾音

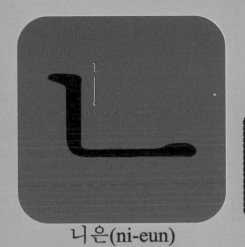

니은(ni-eun)

羅馬拼音	注音符號
n	ㄋ

發音要訣

這個字發音為「니은」(ni-eun)。即像我們在發中文「ㄋ」時，用到的發音部位。此字當作收尾音時，也是發「n」的音，類似中文「安」音。

寫寫看

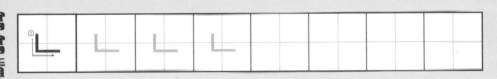

선생님
seon-saeng-nim
老師

시간
si-gan
時間

노인
no-in
老人

편지
pyeon-ji
信

ㄷ근(di-geut)

羅馬拼音

d / t

注音符號

ㄅ / ㄊ

發音要訣

這個字發音為「ㄷ근」（di-geut）。即像我們在發中文「ㄅ」時，用到的發音部份。此字當作收尾音時，則發急促的「t」的音，類似台語的「踢」音。

寫寫看

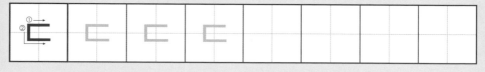

뜯다		
tteut-tta		
拆（信封）		

닫다		
dat-tta		
關（門）		

돋보기		
dot-ppo-gi		
放大鏡		

숟가락		
sut-kka-rak		
湯匙		

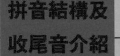

리을(ri-eul)

羅馬拼音	注音符號
r / l	ㄌ / ㄌ

發音要訣

這個字發音為「리을」（ri-eul）。即像我們在發中文「ㄌ」時，用到的發音部位。此字當作收尾音時，發音時舌頭頂住上顎，稍微捲舌的「r」音。但要提醒學員的是，韓語的捲舌音，沒有像中文捲得這麼明顯，只要稍微捲舌即可。

寫寫看

ㄹ	ㄹ	ㄹ	ㄹ					

연필
yeon-pil
鉛筆

연필	

살 다
sal-tta
生活

살 다	

달
dal
月亮

달	

가을
ga-eul
秋天

가을	

미음(mi-eum)

羅馬拼音	注音符號
m	ㄇ

發音要訣

這個字發音為「미음」(mi-eum)。即像我們在發中文「ㄇ」時，用到的發音部份。此字當作收尾音時，發閉口音「m」音。

寫寫看

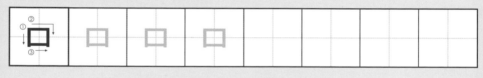

엄마
eom-ma
媽媽
（小朋友親暱
叫媽媽的用法）

엄마	

남자
nam-ja
男生

남자	

밤
bam
夜晚、栗子

밤	

봄
bom
春天

봄	

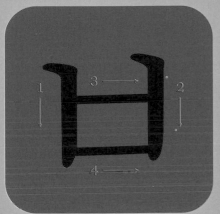

비읍(bi-eup)

羅馬拼音	注音符號
b / p	ㄅ / ㄆ

發音要訣

此字發音為「비읍」(bi-eup)。即像我們在發中文「ㄅ」時，用到的發音部位。

此字當作收尾音時，則比發當作收尾音「ㅁ」（m），更為急促與更快閉口的「p」音。

寫寫看

ㅂ	ㅂ	ㅂ	ㅂ						

입술
ip-ssul
嘴唇

입술	

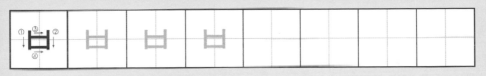

집
jip
家

집	

밥
bap
飯

밥	

수업
su-eop
課程

수업	

이응(i-eung)

羅馬拼音

無聲 /ng

注音符號

無聲 /ㄥ

發音要訣

此字發音為「이응」(i-eung)，當作初聲（放在第一個位置）時，呈現不發音子音。

此字當作收尾音時，則發「ng」（類似發「ㄥ」）鼻音。

寫寫看

ㅇ	○	○	○				

안경
an-gyeong
眼鏡

안경	

교통
gyo-tong
交通

교통	

강
gang
江

강	

형
hyeong
哥哥(男生使用)

형	

05

圈選、聽寫小練習

我們現在已經學完所有韓語發音了,那麼就來一個統整的練習,請學員聽著mp3的音,圈選出正確的音與聽寫,自我評量看看囉。

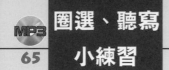
1 圈選正確音的部份

1. 가　게

2. 남　나

3. 구　국

4. 집　지　치

5. 육　우　유

6. 닥　담　달

7. 타　다　따

8. 일　임　익　인

9. 야　양　영　여

10. 치　침　지　짐

11.	남자	남차	난자
12.	유우	우유	오유
13.	학새	학생	하생
14.	사지	사자	싸짜
15.	타다	다타	따따
16.	엄머	엄마	언나
17.	누나	누냐	노나
18.	녹차	눅차	녹자
19.	연핑	연필	여빌
20.	바치	바지	파지

解答

1. 가 2. 나 3. 구 4. 집 5. 약 6. 남 7. 땀 8. 행 9. 하 10. 집 11. 남자 12. 우유 13. 학생 14. 사지 15. 타다 16. 엄마 17. 누나 18. 녹차 19. 연필 20. 바지

2 聽寫部份：請寫出mp3的韓國語單詞

1.

2.

3.

4.

5.

6.

7.

8.

9.

10.

解答

女生	商店	眼鏡	餅乾	泡菜	韓國	老師	歌曲	姊姊	隻
1. 여자	2. 가게	3. 안경	4. 과자	5. 김치	6. 한국	7. 선생님	8. 노래	9. 언니	10. 마리

3 看圖寫單字： 看著表格中的圖案，練習寫出我們之前學習發音的基本單字來加深印象

1.

학 ☐

2.

☐ 부

3.

라 ☐ ☐

4.

바 ☐

5.

☐ 이

6.

하 ☐

7.

☐ ☐

8.

우 ☐

9.

우 ☐

10.

피 ☐ ☐

11.

가 ☐

12.

외국 ☐

13.

☐

14.

☐ 사

15.

아 ☐

16.

☐ 개

17.

☐ 자

18.

노 ☐

19.

선 ☐ ☐

20.

사 ☐

06

實用會話百句練習

接下來部份，我們將要透過句型來學習發音。

為什麼要用句子來學習呢？因為只有藉由句型來學習韓語發音，才有可能了解韓語的「連音化」（연음화）現象。

什麼叫做「連音化」呢？即有收尾音的字型，後方遇到以「ㅇ」、「ㅎ」等子音作為初聲的字型，發音時因連音現象，自然地把收尾音移到「ㅇ」、「ㅎ」處。

所以，我們透過底下韓國人最常使用的句型，來加以掌握此發音原則。

且筆者也把句型使用到的情境，寫在「學習小叮嚀」，提醒學員們，句子不可能離開生活情境而使用，若是少了語脈，很容易就會鬧出笑話喔。希望讀者在學習句型時，也得特別「學習小叮嚀」這部份，抓住使用句型的語脈喔。

那麼，我們就開始吧！

안녕하세요.

An-nyeong-ha-se-yo.

你好。

學習小叮嚀 韓國語中沒有像中文一般，有「早安」、「午安」或「晚安」等問候語，通常以此句概括問候他人。

안녕히 가세요.

An-nyeong-hi ga-se-yo.

請慢走。

學習小叮嚀 指對要離開者的人告別所用之語。

안녕히 계세요.

An-nyeong-hi gye-se-yo.

請留步。

學習小叮嚀 對主人、送別的人所說的問候語。

안녕히 주무세요.

An-nyeong-hi ju-mu-se-yo.

晚安。

學習小叮嚀 這是睡前對長輩所說的問候語。

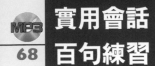
▶ **잘 자요.**

Jal jja-yo.

晚安。

 學習小叮嚀　跟前面一句比較起來，這一句話是用在對朋友所說的。

▶ **오빠**

o-ppa

哥哥

 學習小叮嚀　這是女生叫哥哥所用的親屬用語，但是，其實韓國男生也滿喜歡沒有血緣關係的女生叫他們這樣的稱呼喔。尤其是學員有機會到韓國敗家時，用這一句話稱呼老闆，一定可以順利殺到價喔。

▶ **자기야**

ja-gi-ya

親愛的

 學習小叮嚀　這一句話很甜！「자기」是自己意思，當用此句型，是把對方當作自己的另外一半叫喔。撒嬌可以用。

▶ **얼마예요?**

Eol-ma-ye-yo?

多少錢？

 學習小叮嚀　這一句話講話時，要把聲調往上揚，表示疑問。

 우리는 친구입니다.

U-ri-neun chin-gu-im-ni-da.

我們是朋友。

學習小叮嚀 韓國人最喜歡「우리」（我們）這兩個字了，用這一句型，可以跟韓國人裝熟喔。

$10230

 좀 비싸요.

Jom bi-ssa-yo.

有點貴。

學習小叮嚀 表示對於所要買的東西價錢，感到昂貴時使用。

 좀 싸요.

Jom ssa-yo.

有點便宜。

學習小叮嚀 跟上面那一句話，是相反地句型。

 좀 깎아 주세요.

Jom kka-kka ju-se-yo.

請算我便宜一點。

學習小叮嚀 殺價必備語啊！

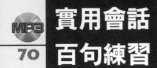
▶ **고마워요.**

Go-ma-wo-yo.

謝謝。

 學習
小叮嚀 對朋友道謝用的。

▶ **감사합니다.**

Gam-sa-ham-ni-da.

謝謝您。

 學習
小叮嚀 這是比較正式型的道謝語。跟上一句比較起來，這是用在對長輩身上。

▶ **미안해요.**

Mi-a-nae-yo.

對不起。

 學習
小叮嚀 對朋友道歉用的。

▶ **죄송합니다.**

Joe-song-ham-ni-da.

對不起。

 學習
小叮嚀 這是比較正式的道歉語。跟上一句比較起來，這是用在對長輩身上。

천만에요.

Cheon-ma-e-yo.

不客氣，千萬別這麼說。

> **學習小叮嚀** 漢字「千萬」的意思，引申出「千萬不要這麼說」的意思。

 ## 별말씀을요.

Byeol-mal-sseu-meu-ryo .

不客氣，別這麼說。

> **學習小叮嚀** 漢字「別話」，引申出「別這麼說」的意思。

 ## 어서 오세요.

Eo-seo o-se-yo.

歡迎光臨。

> **學習小叮嚀** 這句話常常可以在韓國的店家聽到，店家來招呼客人時所用的，但是朋友來我們家，我們可不能這樣用。要用什麼句型呢？也就是我們之前學過的「안녕하세요」先來打招呼喔。

 ## 많이 파세요.

Ma-ni pa-se-yo.

祝您生意興隆。

> **學習小叮嚀** 客套話，可以在買完東西、殺完價，對店家老闆這樣說，老闆一定很高興的。

아줌마

a-jum-ma

大嬸

> 學習小叮嚀 可以用來稱呼，年紀比我們大的阿姨或者是老闆娘所用之詞。

아주머니

a-ju-meo-ni

大嬸

> 學習小叮嚀 跟上一句比較起來，意思一樣。只是，此句比較有禮貌。

아저씨(Mr.)

a-jeo-ssi

大叔

> 學習小叮嚀 一般來稱呼，已結婚的男生。可以用來稱呼，年紀比我們大的男生或者是老闆所用之詞。

아가씨(Miss)

a-ga-ssi

小姐

> 學習小叮嚀 還沒結婚的女生。雖然比自己年紀小，但需要禮貌時可用。可以用來稱呼，年紀比我們小、相近的女生或者是老闆娘所用之詞。

가게 주인

ga-ge ju-in

商店主人、老闆

> 學習小叮嚀 以上我們學到的都是對於商店老闆的稱呼喔。

 손님

son-nim

客人

> 學習小叮嚀 與「老闆」相反地詞彙就是「客人」囉。

 저기요!

Jeo-gi-yo.

這邊!

> 學習小叮嚀 這一句話也可以用在點餐時候用的,引起服務生或者是他人注意所用,加一個「요」表示客氣。

 여기요!

Yeo-gi-yo.

這裡。

> 學習小叮嚀 跟上面一句同樣的意思。

언니

eon-ni

姊姊

學習
小叮嚀

這一句型原本是屬於女生叫自己的姊姊所用的家屬語，但是在韓國也可以常常聽到，點餐或者是女生在稱呼年紀比她小的女生所常用裝熟詞彙。

 여보세요?

Yeo-bo-se-yo?

喂？

學習
小叮嚀

韓國人接電話第一句用的問候語，類似中文的「喂」。

 누구세요?

Nu-gu-se-yo?

你是誰？

學習
小叮嚀

詢問電話另一端是誰或者是詢問對方身份時所用的問句。

어디 가요?

Eo-di ga-yo?

你要去哪裡？

밥을 먹었어요?

Ba-beul meo-geo-sseo-yo?

吃過飯了嗎？

> 學習小叮嚀 對朋友使用的問候語。也常常用在見面時的基本問候喔。

식사하셨어요?

Sik-ssa-ha-syeo-sseo-yo.

您用過餐了嗎？

> 學習小叮嚀 這是對長輩所使用的問句，比起上一句，更顯得尊敬。

배가 고파요.

Bae-ga go-pa-yo.

肚子餓囉。

배가 불러요.

Bae-ga bul-leo-yo.

肚子飽囉。

실례합니다, 사진을 좀 찍어 주세요.

Sil-lye-ham-ni-da, sa-ji-neul jjom jji-geo ju-se-yo.

打擾了，請您幫我拍照。

> 學習小叮嚀 到韓國自助旅行必備語。

같이 사진 좀 찍어 주세요.

Ga-chi sa-jin jom jji-geo ju-se-yo.

請一起拍照吧。

學習 小叮嚀 「같이」是表示「一起」的副詞喔！

 안 좋아요.

An jo-a-yo.

不好。

學習 小叮嚀 搭配「안」不的否定用法的句型。表達自己心情所用之語。
안 좋아해요. [an jo-a-hae-yo] 不喜歡。

 돈이 없어요.

Do-ni eop-sseo-yo.

沒有錢。

 대만에서 왔어요.

Dae-ma-ne-seo wa-sseo-yo.

我從台灣來的。

學習 小叮嚀 自我介紹用。

 대만 사람입니다.

Dae-man sa-ra-mim-ni-da.

我是台灣人。

學習
小叮嚀 自我介紹用。

 더 주세요.

Deo ju-se-yo.

請多給我一些!

學習
小叮嚀 搭配一個「더」，表示「多」意思的副詞句型。

다 주세요.

Da ju-se-yo.

全部都給我。

學習
小叮嚀 搭配一個「다」，表示「全部」意思的副詞句型。

 다 얼마예요?

Da eol-ma-ye-yo?

全部多少錢?

사랑해요.

Sa-rang-hae-yo.

我愛妳。

學習小叮嚀 告白所用。

너밖에 없어.

Neo-ba-kke eop-sseo.

除了你我一無所有！(半語)

學習小叮嚀 韓國人經典告白之語。

당신 밖에 없어요.

Dang-sin ba-kke eop-sseo-yo.

除了您我一無所有！(敬語)

_____씨,내가 지켜 줄게요.

_____ ssi,nae-ga ji-kyeo jul-ge-yo.

xxx，我會保護您的。

學習小叮嚀 告白之語。

바보야!

Ba-bo-ya.

傻瓜啊！

學習小叮嚀 這是罵人的句子，不可以隨便亂說喔！請小心使用。

잘 먹겠습니다.

Jal meok-kket-sseum-ni-da.

我開動囉！

> 學習小叮嚀　吃飯前跟主人所說的客氣話。

 잘 먹었습니다.

Jal meo-geot-sseum-ni-da.

我吃飽囉、謝謝招待。

> 學習小叮嚀　用完餐對主人所說的客氣話。

 조심하세요.

Jo-si-ma-se-yo.

請小心。

> 學習小叮嚀　比如夜深開車，希望對方小心時，所用之語。

 또 만나요.

Tto man-na-yo.

一定還要多見面喔。

> 學習小叮嚀　跟朋友道別所用之語。

생일 축하해요.

Saeng-il chu-ka-hae-yo.

生日快樂。

學習小叮嚀　朋友生日祝賀之語。

메뉴판 좀 보여 주세요!

Me-nyu-pan jom bo-yeo ju-se-yo.

請給我菜單。

學習小叮嚀　點餐時對服務生所說之語。

가 : 알겠습니까?

Al-kket-sseum-ni-kka?

A：你有聽懂嗎？

나 : 알겠습니다.

Al-kket-sseum-ni-da.

B：我有聽懂。

學習小叮嚀　一組問句，詢問對方有沒有聽懂意思以及回答方式。

계산해 주세요.

Gye-sa-nae ju-se-yo.

幫我結帳吧！

學習小叮嚀　吃完東西，要老闆算錢、結帳時所用。

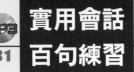
 따로 따로 계산해 주세요.

Tta-ro tta-ro gye-san-hae ju-se-yo.

請分開結帳。

> 學習
> 小叮嚀
> 「따로 따로」是一個副詞，表示「一個一個」的意思，引申出「分開算」的意思。

 건배 !

Geon-bae.

乾杯！

> 學習
> 小叮嚀
> 跟韓國人喝酒時必備語。

 괜찮아요.

Gwaen-cha-na-yo.

沒關係！

> 學習
> 小叮嚀
> 無大礙的意思。

 저는 한국말을 잘 못해요.

Jeo-neun han-gung-ma-reul jjal mo-tae-yo.

我韓國語講得不是很好。

> 學習
> 小叮嚀
> 告訴對方自己本身的韓語能力不是很好，要他慢慢說給我們聽。

써 주세요.

Sseo ju-se-yo.

請寫給我。

學習小叮嚀 比如要求對方畫地圖或者是寫東西給你時，所用的請求語。

몇 살이에요?

Myeot sa-ri-e-yo?

你今年幾歲？

學習小叮嚀 詢問對方年紀所用的問句。

몇 년 생입니까?

Myeot nyeon saeng-im-ni-kka?

你幾年生呢？

學習小叮嚀 詢問對方年紀所用的問句。

피곤해요.

Pi-go-nae-yo.

很累。

學習小叮嚀 表示運動過後，或者是身體上的勞累。

힘들어요.

Him-deu-reo-yo.

很累。

> 學習
> 小叮嚀 這跟上一句其實可以互換，但是詳細的區分，這是形容心理上的累，比如心理壓力。

너무 매워요.

Neo-mu mae-wo-yo.

很辣。

> 學習
> 小叮嚀 吃到辣的泡菜，可用之詞。

안 매워요.

An mae-wo-yo.

不辣！

> 學習
> 小叮嚀 「안」是韓國語中的「不會」、「不」的意思，後面加上一個形容詞「매워요」辣，表示「不辣」的意思。

정말?

Jeong-mal?

真的嗎？

> 學習
> 小叮嚀 確認對方所說的事情是否為真，所用之語。

진짜?

Jin-jja.

真的嗎?

> 學習
> 小叮嚀　跟上一句意思同樣。

전화 번호 좀 가르쳐 주세요.

Jeo-nwa beo-no jom ga-reu-cheo ju-se-yo.

能告訴我您的電話號碼嗎?

> 學習
> 小叮嚀　韓國數字很複雜,常常我們可以看到韓國人要留下對方號碼的方式,都是把手機交給對方,互相輸入電話號碼之。

잠깐만요.

Jam-kkan-ma-nyo.

等一下。

> 學習
> 小叮嚀　要求對方等一下的用詞。

그냥.

Geu-nyang.

嗯嗯,就是這樣。

> 學習
> 小叮嚀　這句型,常常用在「就是」或者是「不知道理由」所用之語。

미쳤어요.

Mi-cheo-sseo-yo.

瘋子！

學習
小叮嚀
可以用在自言自語時，表示「我真的快被搞瘋了」！但是，用在對於對方的話，則是表示指責他人是「瘋子」。

 거짓말.

Geo-jin-mal.

說謊、謊話！

學習
小叮嚀
認為他人說謊時，所用之語。

 잘 생겼어요.

Jal ssaeng-gyeo-sseo-yo.

長得很帥喔。

學習
小叮嚀
形容他人之語。

 귀여워요.

Gwi-yeo-wo-yo.

可愛！

學習
小叮嚀
形容他人之語。

멋있어요.

Meo-si-sseo-yo.

帥氣。

> 學習小叮嚀　形容他人用語。

착해요.

Cha-kae-yo.

乖巧。

> 學習小叮嚀　形容他人善良。

잘 갔다오세요.

Jal kkat-tta-o-se-yo.

祝您一路順風。

> 學習小叮嚀　可以用在出門旅行的朋友身上的祝福之詞。

재미있게 노세요.

Jae-mi-it-kke no-se-yo.

祝您玩得愉快。

> 學習小叮嚀　當我們在台灣遇到韓國觀光客，我們可以用這句話來祝福對方，希望他有個愉快的旅程。

우리 헤어져요.

U-ri he-eo-jeo-yo.

我們分手吧！

學習
小叮嚀 分手必備語。

 시험 잘 보세요.

Si-heom jal ppo-se-yo .

祝你考試順利。

學習
小叮嚀 考前鼓勵對方所用之語。

 술고래

sul-go-rae

酒鬼

學習
小叮嚀 「술」是酒的意思，而「고래」是鯨魚的意思，這兩個單詞合在一起，變成韓國語的「酒鬼」的意思。

 글쎄요.

Geul-sse-yo.

讓我想一想。

學習
小叮嚀 這是要求對方，給我一點時間想一想所用的句型。

 하지마(세요).

Ha-ji-ma (se-yo).

不要這樣子做。

學習
小叮嚀　表示要對方停下他的動作，可以使用的句型，語尾加上「세요」
表示尊敬。

 가지마(세요).

Ga-ji-ma (se-yo).

不要走。

學習
小叮嚀　韓劇中常常聽到的台詞，語尾加上「세요」表示更為尊敬喔。

가 : 얼마나 좋아해요?

Eol-ma-na jo-a-hae-yo?

A：你有多喜歡我啊？

나 : 하늘만큼, 땅만큼 좋아해요.

Ha-neul-man-keum, ttang-man-keum jo-a-hae-yo.

B：跟天一樣高、跟地一樣廣的喜歡啊！

學習
小叮嚀　很甜的情話喔。

설마.

seol-ma.

不會吧？

> 學習小叮嚀 當韓國人聽到不可思議的事情或者言語，口語上常常會用此句型來表達驚訝，類似中文「不會吧？」。

아, 그렇구나.

A, geu-reo-ku-na.

原來是這樣子的啊。

> 學習小叮嚀 表示說話者，突然領會對方說的話，而豁然開朗之詞。

안 돼요.

An dwae-yo.

不行！

> 學習小叮嚀 強硬的口吻，告訴對方「不行」之意。

그게 아니라 미안해요.

Geu-ge a-ni-ra mi-a-nae-yo.

不是這樣子的啦，對不起。

> 學習小叮嚀 比如有誤會時，韓國人常常用此句開頭、道歉之。

취했어요.

Chwi-hae-sseo-yo.

我喝醉囉。

學習小叮嚀 韓國人喜歡喝酒,我們也可以用這句話來擋酒,表示我喝醉囉。

걱정하지 마세요.

Geok-jjeong-ha-ji ma-se-yo.

請不要擔心我。

學習小叮嚀 用來告訴對方,我不會有任何危險或者意外出現的,讓對方放心之詞。

창피해요.

Chang-pi-hae-yo.

丟臉死囉。

學習小叮嚀 此句型,韓國人常用在感到不好意思,自嘲語。

할인해 주나요?

Ha-ri-nae ju-na-yo .

請問有折扣嗎?

學習小叮嚀 這是用在詢問店家,商品是否有優惠的句型。

포장해 주세요.

Po-jang-hae ju-se-yo.

幫我打包。

學習
小叮嚀
這也可以用在食物「外帶」的意思；同時，可以買禮物要送給朋友時，要求店家幫我們的禮物包裝起來。

 가지고 가요.

Ga-ji-go ga-yo.

帶走。

學習
小叮嚀
去韓國餐廳，跟店家表示食物要「外帶」的意思。

 사 가지고 가요.

Sa ga-ji-go ga-yo..

帶走（外帶）。

學習
小叮嚀
跟上一句意思相同。

 여기서 먹어요.

Yeo-gi-seo meo-geo-yo.

這邊吃。

學習
小叮嚀
內用！

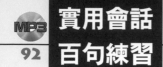

 늦게 와서 미안해요.

Neut-kke wa-seo mi-a-nae-yo.

我遲到了，真對不起。

> 學習小叮嚀 韓國人口語，常用在遲到跟對方道歉之詞。

 됐어요.

Dwae-sseo-yo.

算了、算了。

> 學習小叮嚀 比如事情不如所願，可以用。

 당연하지.

Dang-yeo-na-ji.

「當然」的意思。

> 學習小叮嚀 類似我們台語「多說囉」、「一定的啦」！

後記

　　學員們學習完，韓語子母音發音跟句型，不知道有無體會到韓語的魅力了呢？筆者在此本小書內，並沒有介紹太多的文法，主要以簡單易懂，讓學員開口說韓語，來創作這本小書。當然，讀者若想要進一步學習，很歡迎參閱筆者其他作品，諸如《簡單快樂韓國語1、2》文法書。也希望學員若對此書有任何意見或指教，歡迎跟我聯絡。

　　最後，再次感謝透過此書學習的學員與讀者們，謝謝。

筆者　陳慶德　謹致　2018. 11 戊戌年　冬

更多有關於韓語語脈分析，請參閱筆者《簡單快樂韓國語1》、《韓語超短句：從「是」開始》、《韓半語：從「好啊」開始》(統一出版社)等書。

國家圖書館出版品預行編目(CIP)資料

手機平板學韓語40音 / 陳慶德編著. -- 初版. --

新北市：智寬文化, 2014.10

面 ； 公分. --(韓語學習系列；K005)

ISBN 978-986-87544-7-8(平裝附光碟片)

1.韓語 2.讀本

803.28   103018746

韓語學習系列 K005

手機平板學韓語40音(附MP3+MP4)

2019年1月 初版第4刷

編著者	陳慶德
出版者	智寬文化事業有限公司
地址	23558新北市中和區中山路二段409號5樓
E-mail	john620220@hotmail.com
電話	02-77312238・02-82215078
傳真	02-82215075
印刷者	彩之坊科技股份有限公司
總經銷	紅螞蟻圖書有限公司
地址	台北市內湖區舊宗路二段121巷19號
電話	02-27953656
傳真	02-27954100
定價	新台幣199元
郵政劃撥・戶名	50173486・智寬文化事業有限公司